Hermann Hesse, am 2. Juli 1877 in Calw/Württemberg als Sohn eines baltendeutschen Missionars und einer württembergischen Missionarstochter geboren, 1946 ausgezeichnet mit dem Nobelpreis für Literatur, starb am 9. August 1962 in Montagnola bei Lugano. Sein Werk erscheint im Suhrkamp Verlag. Seine Bücher, Romane, Erzählungen, Betrachtungen, Gedichte, politischen, literatur- und kulturkritischen Schriften sind mittlerweile in einer Auflage von mehr als 60 Millionen Exemplaren in aller Welt verbreitet und haben ihn zum meistgelesenen europäischen Autor des 20. Jahrhunderts in den USA und in Japan gemacht.

Die »alte venetianische Aventiure« *Der Zwerg* ist eine der frühesten Erzählungen Hermann Hesses. Er schrieb sie im Alter von 25 Jahren nach seiner zweiten Italienreise. Letzte Station dieses mehr als dreiwöchigen Ausfluges war Venedig. Dort notierte er am 22. April 1903 in sein Tagebuch: »Den ganzen Tag war ich in Gedanken mit dem Plan einer venezianischen Novelle beschäftigt: ein Zwerg (klug, verbittert, schwermütig) verliert durch die Grausamkeit seiner Herrschaft sein Hündchen und vergiftet zur Rache Frau und Liebhaber, nachdem er sie auf einer Gondelfahrt nach einem angeblichen Liebestrank durch eine Erzählung lüstern gemacht. Er selbst muß – der Liebhaber will es – vorkosten und stirbt mit. Einkleidung grotesk und farbig.«

Dieses reizvolle, in der Art der von Hesse so geliebten italienischen Novellisten vorgetragene Märchen spielt im Venedig des 15. Jahrhunderts.

insel taschenbuch 636
Hesse
Der Zwerg

Hermann Hesse
Der Zwerg

*Ein Märchen
Mit Illustrationen von
Rolf Köhler
Insel*

insel taschenbuch 636
Erste Auflage 1982
Lizenzausgabe für den Insel Verlag
Frankfurt am Main
© 1954 by Suhrkamp Verlag Frankfurt am Main
© der Illustrationen:
Insel Verlag Frankfurt am Main 1982
Alle Rechte vorbehalten
Vertrieb durch den Suhrkamp Taschenbuch Verlag
Umschlag nach Entwürfen von Willy Fleckhaus
Satz: Fotosatz Weihrauch, Würzburg
Druck: Nomos Verlagsgesellschaft, Baden-Baden
Printed in Germany

3   4   5   6   7   8   –   92   91   90   89   88   87

Der Zwerg

So begann der alte Geschichtenerzähler Cecco eines Abends am Kai:

Wenn es euch recht ist, meine Herrschaften, will ich heute einmal eine ganz alte Geschichte erzählen, von einer schönen Dame, einem Zwerg und einem Liebestrank, von Treue und Untreue, Liebe und Tod, wovon ja alle alten und neuen Abenteuer und Geschichten handeln.

Das Fräulein Margherita Cadorin, die Tochter des Edlen Battista Cadorin, war zu ihrer Zeit unter den schönen Damen von Venedig die schönste, und die auf sie gedichteten Strophen und Lieder waren zahlreicher als die Bogenfenster der Paläste am Großen Kanal und als die Gondeln, die an einem Frühlingsabend zwischen dem Ponte del Vin und der Dogana schwimmen. Hundert junge und alte Edelleute, von Venedig wie von Murano, und auch solche aus Pa-

dua, konnten in keiner Nacht die Augen schließen, ohne von ihr zu träumen, noch am Morgen erwachen, ohne sich nach ihrem Anblick zu sehnen, und in der ganzen Stadt gab es wenige unter den jungen Gentildonnen, die noch nie auf Margherita Cadorin eifersüchtig gewesen wären. Sie zu beschreiben steht mir nicht zu, ich begnüge mich damit, zu sagen, daß sie blond und groß und schlank wie eine junge Zypresse gewachsen war, daß ihren Haaren die Luft und ihren Sohlen der Boden schmeichelte und daß Tizian, als er sie sah, den Wunsch geäußert haben soll, er möchte ein ganzes Jahr lang nichts und niemand malen als nur diese Frau.

An Kleidern, an Spitzen, an byzantinischem Goldbrokat, an Steinen und Schmuck litt die Schöne keinen Mangel, vielmehr ging es in ihrem Palast reich und prächtig her: der Fuß trat farbige dicke Teppiche aus Kleinasien, die Schränke verbargen silbernes Gerät genug, die Tische erglänzten von feinem Damast und herrlichem Porzellan, die Fußböden der Wohnzimmer waren schöne Mosaikarbeit, und die Decken und Wände be-

11

deckten teils Gobelins aus Brokat und Seide, teils hübsche, heitere Malereien. An Dienerschaft war ebenfalls kein Mangel, noch an Gondeln und Ruderern.

Alle diese köstlichen und erfreulichen Dinge gab es aber freilich auch in anderen Häusern: es gab größere und reichere Paläste als den ihren, vollere Schränke, köstlichere Geräte, Tapeten und Schmucksachen. Venedig war damals sehr reich. Das Kleinod jedoch, welches die junge Margherita ganz allein besaß und das den Neid vieler Reicheren erregte, war ein Zwerg, Filippo genannt, nicht drei Ellen hoch und mit zwei Höckerchen versehen, ein phantastischer kleiner Kerl. Filippo war aus Zypern gebürtig und hatte, als ihn Herr Vittoria Battista von Reisen heimbrachte, nur Griechisch und Syrisch gekonnt, jetzt aber sprach er ein so reines Venezianisch, als wäre er an der Riva oder im Kirchspiel von San Giobbe zur Welt gekommen. So schön und schlank seine Herrin war, so häßlich war der Zwerg; neben seinem verkrüppelten Wuchse erschien sie doppelt hoch und königlich, wie der Turm einer Inselkirche neben einer Fischerhütte.

Die Hände des Zwerges waren faltig, braun und in den Gelenken gekrümmt, sein Gang unsäglich lächerlich, seine Nase viel zu groß, seine Füße breit und einwärts gestellt. Gekleidet aber ging er wie ein Fürst, in lauter Seide und Goldstoff.

Schon dies Äußere machte den Zwerg zu einem Kleinod; vielleicht gab es nicht bloß in Venedig, sondern in ganz Italien, Mailand nicht ausgenommen, keine seltsamere und possierlichere Figur; und manche Majestät, Hoheit oder Exzellenz hätte gewiß den kleinen Mann gern mit Gold aufgewogen, wenn er dafür feil gewesen wäre.

Aber wenn es auch vielleicht an Höfen oder in reichen Städten einige Zwerge geben mochte, welche dem Filippo an Kleinheit und Häßlichkeit gleichkamen, so blieben doch an Geist und Begabung alle weit hinter ihm zurück. Wäre es allein auf die Klugheit angekommen, so hätte dieser Zwerg ruhig im Rat der Zehn sitzen oder eine Gesandtschaft verwalten können. Nicht allein sprach er drei Sprachen, sondern er war auch in Historien, Ratschlägen und Erfindungen wohlerfahren, konnte ebensowohl alte Geschich-

14

ten erzählen wie neue erfinden und verstand sich nicht weniger auf guten Rat als auf böse Streiche und vermochte jeden, wenn er nur wollte, so leicht zum Lachen wie zum Verzweifeln zu bringen.

An heiteren Tagen, wenn die Donna auf ihrem Söller saß, und ihr wundervolles Haar, wie es damals allgemein die Mode war, an der Sonne zu bleichen, war sie stets von ihren beiden Kammerdienerinnen, von ihrem afrikanischen Papagei und von dem Zwerg Filippo begleitet. Die Dienerinnen befeuchteten und kämmten ihr langes Haar und breiteten es über dem großen Schattenhut zum Bleichen aus, bespritzten es mit Rosentau und mit griechischen Wassern, und dazu erzählten sie alles, was in der Stadt vorging und vorzugehen im Begriff war: Sterbefälle, Feierlichkeiten, Hochzeiten und Geburten, Diebstähle und komische Ereignisse. Der Papagei schlug mit seinen schönfarbigen Flügeln und machte seine drei Kunststücke: ein Lied pfeifen, wie eine Zicke meckern und »gute Nacht« rufen. Der Zwerg saß daneben, still in der Sonne gekauert, und las in alten Büchern und Rollen, auf das Mäd-

15

chengeschwätz so wenig achtend wie auf die schwärmenden Mücken. Alsdann geschah es jedesmal, daß nach einiger Zeit der bunte Vogel nickte, gähnte und entschlief, daß die Mägde langsamer plauderten und endlich verstummten und ihren Dienst lautlos mit müden Gebärden versahen; denn gibt es einen Ort, wo die Mittagssonne heißer und schläfernder brennen kann als auf dem Söller eines venezianischen Palastdaches? Dann wurde die Herrin mißmutig und schalt heftig, sobald die Mädchen ihre Haare zu trocken werden ließen oder gar ungeschickt anfaßten. Und dann kam der Augenblick, wo sie rief: »Nehmt ihm das Buch weg!«

Die Mägde nahmen das Buch von Filippos Knien, und der Zwerg schaute zornig auf, bezwang sich aber sogleich und fragte höflich, was die Herrin beliebe.

Und sie befahl: »Erzähl mir eine Geschichte!«

Darauf antwortete der Zwerg: »Ich will nachdenken«, und dachte nach.

Hierbei geschah es zuweilen, daß er ihr allzulange zögerte, so daß sie ihn scheltend anrief. Er schüttelte aber gelassen den

17

schweren Kopf, der für seine Gestalt viel zu
groß war, und antwortete mit Gleichmut:
»Ihr müßt noch ein wenig Geduld haben.
Gute Geschichten sind wie ein edles Wild.
Sie hausen verborgen, und man muß oft lange am Eingang der Schluchten und Wälder
stehen und auf sie lauern. Laßt mich nachdenken!«

Wenn er aber genug gesonnen hatte und
zu erzählen anfing, dann hielt er nicht mehr
inne, bis er zu Ende war, ununterbrochen lief
seine Erzählung dahin, wie ein vom Gebirge
kommender Fluß, in welchem alle Dinge
sich spiegeln, von den kleinen Gräsern bis
zum blauen Gewölbe des Himmels. Der Papagei schlief, im Traume zuweilen mit dem
krummen Schnabel knarrend, die kleinen
Kanäle lagen unbeweglich, so daß die Spie-
gelbilder der Häuser feststanden wie wirkliche Mauern, die Sonne brannte auf das
flache Dach herab, und die Mägde kämpften
verzweifelt gegen die Schläfrigkeit. Der
Zwerg aber war nicht schläfrig und wurde
zum Zauberer und König, sobald er seine
Kunst begann. Er löschte die Sonne aus und
führte seine still zuhörende Herrin bald

durch schwarze, schauerliche Wälder, bald
auf den blauen kühlen Grund des Meeres,
bald durch die Straßen fremder und fabel-
hafter Städte, denn er hatte die Kunst des
Erzählens im Morgenlande gelernt, wo die
Erzähler viel gelten und Magier sind und mit
den Seelen der Zuhörer spielen, wie ein Kind
mit seinem Balle spielt.

Beinahe niemals begannen seine Geschichten in fremden Ländern, wohin die
Seele des Zuhörenden nicht leicht aus eigenen Kräften zu fliegen vermag. Sondern er
begann stets mit dem, was man mit Augen
sehen kann, sei es mit einer goldenen Span-
ge, sei es mit einem seidenen Tuche, immer
begann er mit etwas Nahem und Gegen-
wärtigen und leitete die Einbildung seiner
Herrin unmerklich, wohin er wollte, indem
er von früheren Besitzern solcher Kleinode
oder von ihren Meistern und Verkäufern zu
berichten anhob, so daß die Geschichte,
natürlich und langsam rinnend, vom Söller
des Palastes in die Barke des Händlers, von
der Barke in den Hafen und auf das Schiff
und an jeden entferntesten Ort der Welt sich
hinüberwiegte. Wer ihm zuhörte, der glaub-

te selbst die Fahrt zu machen, und während er noch ruhig in Venedig saß, irrte sein Geist schon fröhlich oder ängstlich auf fernen Meeren und in fabelhaften Gegenden umher. Auf eine solche Art erzählte Filippo.

Außer solchen wunderbaren, zumeist morgenländischen Märchen berichtete er auch wirkliche Abenteuer und Begebenheiten aus alter und neuer Zeit, von des Königs Äneas Fahrten und Leiden, vom Reiche Zypern, vom König Johannes, vom Zauberer Virgilius und von den gewaltigen Reisen des Amerigo Vespucci. Obendrein verstand er selbst die merkwürdigsten Geschichten zu erfinden und vorzutragen. Als ihn eines Tages seine Herrin beim Anblick des schlummernden Papageien fragte: »Du Alleswisser, wovon träumt jetzt mein Vogel?«, da besann er sich nur eine kleine Weile und begann sogleich einen langen Traum zu erzählen, so, als wäre er selbst der Papagei, und als er zu Ende war, da erwachte gerade der Vogel, meckerte wie eine Ziege und schlug mit den Flügeln. Oder nahm die Dame ein Steinchen, warf es über die Brüstung der Terrasse ins Wasser des Kanals hinab, daß man es klat-

schen hörte, und fragte: »Nun, Filippo, wohin kommt jetzt mein Steinchen?« Und sogleich hob der Zwerg zu berichten an, wie das Steinchen im Wasser zu Quallen, Fischen, Krabben und Austern kam, zu ertrunkenen Schiffern und Wassergeistern, Kobolden und Meerfrauen, deren Leben und Begebenheiten er wohl kannte und die er genau und umständlich zu schildern wußte.

Obwohl nun das Fräulein Margherita, gleich so vielen reichen und schönen Damen, hochmütig und harten Herzens war, hatte sie doch zu ihrem Zwerg viele Zuneigung und achtete darauf, daß jedermann ihn gut und ehrenhaft behandle. Nur sie selber machte sich zuweilen einen Spaß daraus, ihn ein wenig zu quälen, war er doch ihr Eigentum. Bald nahm sie ihm alle seine Bücher weg, bald sperrte sie ihn in den Käfig ihrer Papageien, bald brachte sie ihn auf dem Parkettboden eines Saales zum Straucheln. Sie tat dies jedoch alles nicht in böser Absicht, auch beklagte sich Filippo niemals, aber er vergaß nichts und brachte zuweilen in seinen Fabeln und Märchen kleine Anspielungen und Winke und Stiche an, welche das

Fräulein sich denn auch ruhig gefallen ließ. Sie hütete sich wohl, ihn allzusehr zu reizen, denn jedermann glaubte den Zwerg im Besitz geheimer Wissenschaften und verbotener Mittel. Mit Sicherheit wußte man, daß er die Kunst verstand, mit mancherlei Tieren zu reden, und daß er im Vorhersagen von Witterungen und Stürmen unfehlbar war. Doch schwieg er zumeist still, wenn jemand mit solchen Fragen in ihn drang, und wenn er dann die schiefen Achseln zuckte und den schweren steifen Kopf zu schütteln versuchte, vergaßen die Fragenden ihr Anliegen vor lauter Lachen.

Wie ein jeder Mensch das Bedürfnis hat, irgendeiner lebendigen Seele zugetan zu sein und Liebe zu erweisen, so hatte auch Filippo außer seinen Büchern noch eine absonderliche Freundschaft, nämlich mit einem schwarzen kleinen Hündlein, das ihm gehörte und sogar bei ihm schlief. Es war das Geschenk eines unerhört gebliebenen Bewerbers an das Fräulein Margherita und war dem Zwerge von seiner Dame überlassen worden, allerdings unter besonderen Umständen. Gleich am ersten Tage nämlich war

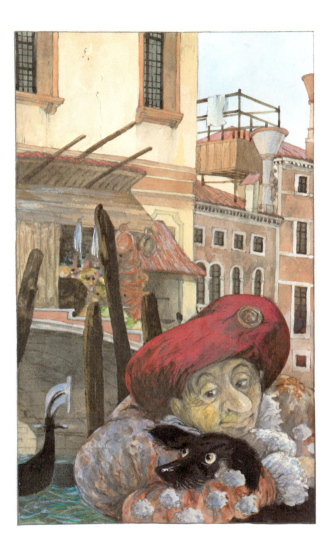

das Hündchen verunglückt und von einer zugeschlagenen Falltüre getroffen worden. Es sollte getötet werden, da ihm ein Bein zerbrochen war; da hatte der Zwerg das Tier für sich erbeten und zum Geschenk erhalten. Unter seiner Pflege war es genesen und hing mit großer Dankbarkeit an seinem Retter. Doch war ihm das geheilte Bein krumm geblieben, so daß es hinkte und dadurch noch besser zu seinem verwachsenen Herrn paßte, worüber Filippo manchen Scherz zu hören bekam.

Mochte nun diese Liebe zwischen Zwerg und Hund den Leuten lächerlich erscheinen, so war sie doch nicht minder aufrichtig und herzlich, und ich glaube, daß mancher reicher Edelmann von seinen besten Freunden nicht so innig geliebt wurde wie der krummbeinige Bologneser von Filippo. Dieser nannte ihn Filippino, woraus der abgekürzte Kosename Fino entstand, und behandelte ihn so zärtlich wie ein Kind, sprach mit ihm, trug ihm leckere Bissen zu, ließ ihn in seinem kleinen Zwergbett schlafen und spielte oft lange mit ihm, kurz, er übertrug alle Liebe seines armen und heimatlosen Lebens auf das kluge Tier und nahm seinetwegen vielen Spott der Dienerschaft und der Herrin auf sich. Und ihr werdet in Bälde sehen, wie wenig lächerlich diese Zuneigung war, denn sie hat nicht allein dem Hunde und dem Zwerge, sondern dem ganzen Hause das größte Unheil gebracht. Es möge euch darum nicht verdrießen, daß ich so viele Worte über einen kleinen lahmen Schoßhund verlor, sind doch die Beispiele nicht selten, daß durch viel geringere Ursachen große und schwere Schicksale hervorgerufen wurden.

Während so viele vornehme, reiche und hübsche Männer ihre Augen auf Margherita richteten und ihr Bild in ihrem Herzen trugen, blieb sie selbst so stolz und kalt, als gäbe es keine Männer auf der Welt. Sie war nämlich nicht nur bis zum Tode ihrer Mutter, einer gewissen Donna Maria aus dem Hause der Giustiniani, sehr streng erzogen worden, sondern hatte auch von Natur ein hochmütiges, der Liebe widerstrebendes Wesen und galt mit Recht für die grausamste Schöne von Venedig. Ihretwegen fiel ein junger Edler

aus Padua im Duell mit einem Mailänder Offizier, und als sie es vernahm und man ihr die an sie gerichteten letzten Worte des Gefallenen berichtete, sah man auch nicht den leisesten Schatten über ihre weiße Stirn laufen. Mit den auf sie gedichteten Sonetten trieb sie ewig ihren Spott, und als fast zu gleicher Zeit zwei Freier aus den angesehensten Familien der Stadt sich feierlich um ihre Hand bewarben, zwang sie trotz seines eifrigen Widerstrebens und Zuredens ihren Vater, beide abzuweisen, woraus eine langwierige Familienzwistigkeit entstand.

Allein der kleine geflügelte Gott ist ein Schelm und läßt sich ungern seine Beute entgehen, am wenigsten eine so schöne. Man hat es oft genug erlebt, daß gerade die unzugänglichen und stolzen Frauen sich am raschesten und heftigsten verlieben, so wie auf den härtesten Winter gewöhnlich auch der wärmste und holdeste Frühling folgt. Es geschah bei Gelegenheit eines Festes in den Muraneser Gärten, daß Margherita ihr Herz an einen jungen Ritter und Seefahrer verlor, der eben erst aus der Levante zurückgekehrt war. Er hieß Baldassare Morosini und gab der Dame, deren Blick auf ihn gerichtet war, weder an Adel noch an Stattlichkeit der Figur etwas nach. An ihr war alles licht und leicht, an ihm aber dunkel und stark, und man konnte ihm ansehen, daß er lange Zeit auf der See und in fremden Ländern gewesen und ein Freund der Abenteuer war; über seine gebräunte Stirn zuckten die Gedanken wie Blitze, und über seiner kühnen, gebogenen Nase brannten dunkle Augen heiß und scharf.

Es war nicht anders möglich, als daß auch er Margherita sehr bald bemerkte, und sobald er ihren Namen in Erfahrung gebracht hatte, trug er sogleich Sorge, ihrem Vater und ihr selber vorgestellt zu werden, was unter vielen Höflichkeiten und schmeichelhaften Worten geschah. Bis zum Ende der Festlichkeit, welche nahezu bis Mitternacht dauerte, hielt er sich, soweit der Anstand es nur erlaubte, beständig in ihrer Nähe auf, und sie hörte auf seine Worte, auch wenn sie an andere als an sie selbst gerichtet waren, eifriger als auf das Evangelium. Wie man sich denken kann, war Herr Baldassare des öftern genötigt, von seinen Reisen und

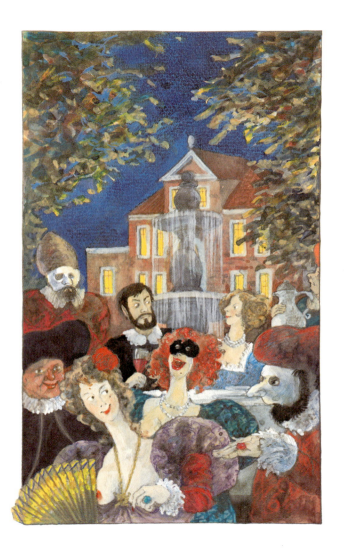

Taten und bestandenen Gefahren zu erzählen, und er tat dies mit so viel Anstand und Heiterkeit, daß jeder ihn gern anhörte. In Wirklichkeit waren seine Worte alle nur einer einzigen Zuhörerin zugedacht, und diese ließ sich nicht einen Hauch davon entgehen. Er berichtete von den seltensten Abenteuern so leichthin, als müßte ein jeder sie selber schon erlebt haben, und stellte seine Person nicht allzusehr in den Vordergrund, wie es sonst die Seefahrer und zumal die jungen zu machen pflegen. Nur einmal, da er von einem Gefecht mit afrikanischen Piraten erzählte, erwähnte er eine schwere Verwundung, deren Narbe quer über seine linke Schulter laufe, und Margherita hörte atemlos zu, entzückt und entsetzt zugleich.

Zum Schlusse begleitete er sie und ihren Vater zu ihrer Gondel, verabschiedete sich und blieb noch lange stehen, um dem Fackelzug der über die dunkle Lagune entgleitenden Gondel nachzublicken. Erst als er diesen ganz aus den Augen verloren hatte, kehrte er zu seinen Freunden in ein Gartenhaus zurück, wo die jungen Edelleute, und auch einige hübsche Dirnen dabei, noch einen

Teil der warmen Nacht beim gelben Griechenwein und beim roten süßen Alkermes verbrachten. Unter ihnen war ein Giambattista Gentarini, einer der reichsten und lebenslustigsten jungen Männer von Venedig. Dieser trat Baldassare entgegen, berührte seinen Arm und sagte lachend: »Wie sehr hoffte ich, du würdest uns heute nacht die Liebesabenteuer deiner Reisen erzählen! Nun ist es wohl nichts damit, da die schöne Cadorin dein Herz mitgenommen hat. Aber weißt du auch, daß dieses schöne Mädchen von Stein ist und keine Seele hat? Sie ist wie ein Bild des Giorgione, an dessen Frauen wahrhaftig nichts zu tadeln ist, als daß sie kein Fleisch und Blut haben und nur für unsere Augen existieren. Im Ernst, ich rate dir, halte dich ihr fern – oder hast du Lust, als dritter abgewiesen und zum Gespött der Cadorinschen Dienerschaft zu werden?«

Baldassare aber lachte nur und hielt es nicht für notwendig, sich zu rechtfertigen. Er leerte ein paar Becher von dem süßen, ölfarbigen Zypernwein und begab sich früher als die andern nach Hause.

Schon am nächsten Tage suchte er zu

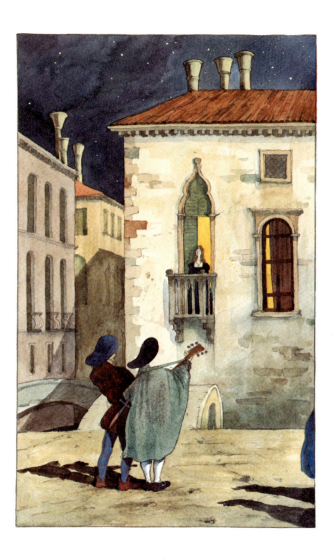

guter Stunde den alten Herrn Cadorin in seinem hübschen kleinen Palaste auf und bestrebte sich auf jede Weise, sich ihm angenehm zu machen und seine Zuneigung zu gewinnen. Am Abend brachte er mit mehreren Sängern und Spielleuten der schönen jungen Dame eine Serenata, mit gutem Erfolge: sie stand zuhörend am Fenster und zeigte sich sogar eine kleine Weile auf dem Balkon. Natürlich sprach sofort die ganze Stadt davon, und die Bummler und Klatschbasen wußten schon von der Verlobung und vom mutmaßlichen Tag der Hochzeit zu schwatzen, noch ehe Morosini sein Prachtkleid angelegt hatte, um dem Vater Margheritas seine Werbung vorzutragen; er verschmähte es nämlich, der damaligen Sitte gemäß nicht in eigener Person, sondern durch einen oder zwei seiner Freunde anzuhalten. Doch bald genug hatten jene gesprächigen Alleswisser die Freude, ihre Prophezeiungen bestätigt zu sehen.

Als Herr Baldassare dem Vater Cadorin seinen Wunsch aussprach, sein Schwiegersohn zu werden, kam dieser in nicht geringe Verlegenheit.

»Mein teuerster junger Herr«, sagte er beschwörend, »ich unterschätze bei Gott die Ehre nicht, die Euer Antrag für mein Haus bedeutet. Dennoch möchte ich Euch inständig bitten, von Eurem Vorhaben zurückzutreten, es würde Euch und mir viel Kummer und Beschwernis ersparen. Da Ihr so lange auf Reisen und fern von Venedig gewesen seid, wisset Ihr nicht, in welche Nöte das unglückselige Mädchen mich schon gebracht hat, indem sie bereits zwei ehrenvolle Anträge ohne alle Ursache abgewiesen. Sie will von Liebe und Männern nichts wissen. Und ich gestehe, ich habe sie etwas verwöhnt und bin zu schwach, um ihre Hartnäckigkeit durch Strenge zu brechen.«

Baldassare hörte höflich zu, nahm aber seine Werbung nicht zurück, sondern gab sich alle Mühe, den ängstlichen alten Herrn zu ermutigen und in bessere Laune zu bringen. Endlich versprach dann der Herr, mit seiner Tochter zu sprechen.

Man kann sich denken, wie die Antwort des Fräuleins ausfiel. Zwar machte sie zur Wahrung ihres Hochmuts einige geringfügige Einwände und spielte namentlich vor

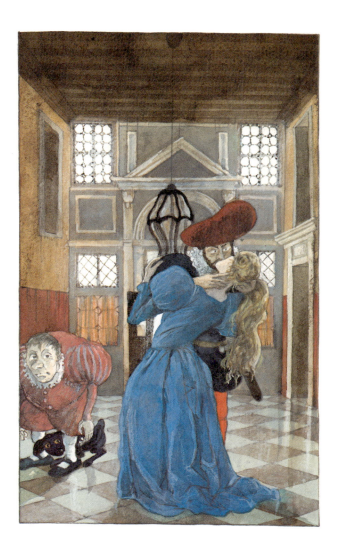

ihrem Vater noch ein wenig die Dame, aber in ihrem Herzen hatte sie ja gesagt, noch eh sie gefragt worden war. Gleich nach Empfang ihrer Antwort erschien Baldassare mit einem zierlichen und kostbaren Geschenk, steckte seiner Verlobten einen goldenen Brautring an den Finger und küßte zum erstenmal ihren schönen stolzen Mund.

Nun hatten die Venezianer etwas zu schauen und zu schwatzen und zu beneiden. Niemand konnte sich erinnern, jemals ein so prächtiges Paar gesehen zu haben. Beide waren groß und hoch gewachsen und die Dame kaum um Haaresbreite kleiner als er. Sie war blond, er war schwarz, und beide trugen ihre Köpfe hoch und frei, denn sie gaben einander, wie an Adel, so an Hochmut nicht das geringste nach.

Nur eines gefiel der prächtigen Braut nicht, daß nämlich ihr Herr Verlobter erklärte, in Bälde nochmals nach Zypern reisen zu müssen, um daselbst wichtige Geschäfte zum Abschluß zu bringen. Erst nach der Rückkehr von dort sollte die Hochzeit stattfinden, auf die schon jetzt die ganze Stadt sich wie auf eine öffentliche Feier freute.

Einstweilen genossen die Brautleute ihr
Glück ohne Störung: Herr Baldassare ließ es
an Veranstaltungen jeder Art, an Geschen-
ken, an Ständchen, an Überraschungen nicht
fehlen, und so oft es irgend anging, war er
mit Margherita zusammen. Auch machten
sie, die strenge Sitte umgehend, manche ver-
schwiegene gemeinsame Fahrt in verdeck-
ter Gondel.

Wenn Margherita hochmütig und ein
klein wenig grausam war, wie bei einer ver-
wöhnten jungen Edeldame nicht zu ver-
wundern, so war ihr Bräutigam, von Hause
aus hochfahrend und wenig an Rücksicht auf
andere gewöhnt, durch sein Seefahrerleben
und seine jungen Erfolge nicht sanfter ge-
worden. Je eifriger er als Freier den Ange-
nehmen und Sittsamen gespielt hatte, desto
mehr gab er jetzt, da das Ziel erreicht war,
seiner Natur und ihren Trieben nach. Von
Haus aus ungestüm und herrisch, hatte er als
Seemann und reicher Handelsherr sich voll-
ends daran gewöhnt, nach eigenen Gelüsten
zu leben und sich um andere Leute nicht zu
kümmern. Es war seltsam, wie ihm von
Anfang an in der Umgebung seiner Braut

39

mancherlei zuwider war, am meisten der Papagei, das Hündchen Fino und der Zwerg Filippo. So oft er diese sah, ärgerte er sich und tat alles, um sie zu quälen oder sie ihrer Besitzerin zu entleiden. Und so oft er ins Haus trat und seine starke Stimme auf der gewundenen Treppe erklang, entfloh das Hündchen heulend und fing der Vogel an zu schreien und mit den Flügeln um sich zu schlagen; der Zwerg begnügte sich damit, die Lippen zu verziehen und hartnäckig zu schweigen. Um gerecht zu sein, muß ich sagen, daß Margherita, wenn nicht für die Tiere, so doch für Filippo manches Wort einlegte und den armen Zwerg zuweilen zu verteidigen suchte; aber freilich wagte sie ihren Geliebten nicht zu reizen und konnte oder wollte manche kleine Quälerei und Grausamkeit nicht verhindern.

Mit dem Papagei nahm es ein schnelles Ende. Eines Tages, da Herr Morosini ihn wieder quälte und mit einem Stäbchen nach ihm stieß, hackte der erzürnte Vogel nach seiner Hand und riß ihm mit seinem starken und scharfen Schnabel einen Finger blutig, worauf jener ihm den Hals umdrehen ließ.

41

Er wurde in den schmalen finstern Kanal an der Rückseite des Hauses geworfen und von niemand betrauert.

Nicht besser erging es bald darauf dem Hündchen Fino. Es hatte sich, als der Bräutigam seiner Herrin einst das Haus betrat, in einem dunklen Winkel der Treppe verborgen, wie es denn gewohnt war, stets unsichtbar zu werden, wenn dieser Herr sich nahte. Herr Baldassare aber, vielleicht weil er irgend etwas in seiner Gondel hatte liegenlassen, was er keinem Diener anvertrauen mochte, stieg gleich darauf unvermutet wieder die Stufen der Treppe hinab. Der erschrockene Fino bellte in seiner Überraschung laut auf und sprang so hastig und ungeschickt empor, daß er um ein Haar den Herrn zu Fall gebracht hätte. Stolpernd erreichte dieser, gleichzeitig mit dem Hunde, den Flur, und da das Tierlein in seiner Angst bis zum Portal weiterrannte, wo einige breite Steinstufen in den Kanal hinabführten, versetzte er ihm unter grimmigen Fluchen einen so heftigen Fußtritt, daß der kleine Hund weit ins Wasser hinausgeschleudert wurde.

In diesem Augenblick erschien der Zwerg, der Finos Bellen und Winseln gehört hatte, im Torgang und stellte sich neben Baldassare, der mit Gelächter zuschaute, wie das halblahme Hündchen angstvoll zu schwimmen versuchte. Zugleich erschien auf den Lärm hin Margherita auf dem Balkon des ersten Stockwerks.

»Schickt die Gondel hinüber, bei Gottes Güte«, rief Filippo ihr atemlos zu. »Laßt ihn holen, Herrin, sofort! Er ertrinkt mir! O Fino, Fino!«

Aber Herr Baldassare lachte und hielt den Ruderer, der schon die Gondel lösen wollte, durch einen Befehl zurück. Nochmals wollte sich Filippo an seine Herrin wenden und sie anflehen, aber Margherita verließ in diesem Augenblick den Balkon, ohne ein Wort zu sagen. Da kniete der Zwerg vor seinem Peiniger nieder und flehte ihn an, dem Hunde das Leben zu lassen. Der Herr wandte sich unwillig ab, befahl ihm streng, ins Haus zurückzukehren und blieb an der Gondeltreppe so lange stehen, bis der kleine keuchende Fino untersank.

Filippo hatte sich auf den obersten Boden unterm Dach begeben. Dort saß er in einer Ecke, stützte den großen Kopf auf die Hände und starrte vor sich hin. Es kam eine Kammerjungfer, um ihn zur Herrin zu rufen, und dann kam und rief ein Diener, aber er rührte sich nicht. Und als er spät am Abend immer noch dort oben saß, stieg seine Herrin selber mit einer Ampel in der Hand zu ihm hinauf. Sie blieb vor ihm stehen und sah ihn eine Weile an.

»Warum stehst du nicht auf?« fragte sie dann. Er gab keine Antwort. »Warum stehst du nicht auf?« fragte sie nochmals. Da blickte der kleine Verwachsene sie an und sagte leise: »Warum habt Ihr meinen Hund umge- bracht?«

»Ich war es nicht, die es tat«, rechtfertig- te sie sich.

»Ihr hättet ihn retten können und habt ihn umkommen lassen«, klagte der Zwerg. »O mein Liebling! O Fino, o Fino!«

Da wurde Margherita ärgerlich und be- fahl ihm scheltend, aufzustehen und zu Bette zu gehen. Er folgte ihr, ohne ein Wort zu sagen, und blieb drei Tage lang stumm wie ein Toter, berührte die Speisen kaum und

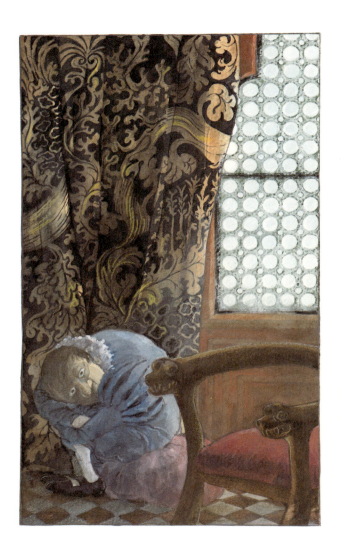

achtete auf nichts, was um ihn her geschah und gesprochen wurde.

In diesen Tagen wurde die junge Dame von einer großen Unruhe befallen. Sie hatte nämlich von verschiedenen Seiten Dinge über ihren Verlobten vernommen, welche ihr schwere Sorge bereiteten. Man wollte wissen, der junge Herr Morosini sei auf seinen Reisen ein schlimmer Mädchenjäger gewesen und habe auf Zypern und andern Orten eine ganze Anzahl von Geliebten sitzen. Wirklich war dies auch die Wahrheit, und Margherita wurde voll Zweifel und Angst und konnte namentlich an die bevorstehende neue Reise ihres Bräutigams nur mit den bittersten Seufzern denken. Am Ende hielt sie es nicht mehr aus, und eines Morgens, als Baldassare bei ihr in ihrem Hause war, sagte sie ihm alles und verheimlichte ihm keine von ihren Befürchtungen.

Er lächelte. »Was man dir, Liebste und Schönste, berichtet hat, mag zum Teil erlogen sein, das meiste ist aber wahr. Die Liebe ist gleich einer Woge, sie kommt und erhebt uns und reißt uns mit sich fort, ohne daß wir widerstehen können. Dennoch aber weiß ich wohl, was ich meiner Braut und Tochter eines so edlen Hauses schuldig bin, du magst daher ohne Sorge sein. Ich habe hier und dort manche schöne Frau gesehen und mich in manche verliebt, aber dir kommt keine gleich.«

Und weil von seiner Kraft und Kühnheit ein Zauber ausging, gab sie sich stille und lächelte und streichelte seine harte, braune Hand. Aber sobald er von ihr ging, kehrten alle ihre Befürchtungen wieder und ließen ihr keine Ruhe, so daß diese so überaus stolze Dame nun das geheime, demütigende Leid der Liebe und Eifersucht erfuhr und in ihren seidenen Decken halbe Nächte nicht schlafen konnte.

In ihrer Bedrängnis wandte sie sich ihrem Zwerg Filippo wieder zu. Dieser hatte inzwischen sein früheres Wesen wieder angenommen und stellte sich, als hätte er den schmählichen Tod seines Hündleins nun vergessen. Auf dem Söller saß er wieder wie sonst, in Büchern lesend oder erzählend, während Margherita ihr Haar an der Sonne bleichte. Nur einmal erinnerte sie sich noch

an jene Geschichte. Da sie ihn nämlich einmal fragte, worüber er denn so tief nach-
sinne, sagte er mit seltsamer Stimme: »Gott
segne dieses Haus, gnädige Herrin, das ich
tot oder lebend bald verlassen werde.« –
»Warum denn?« entgegnete sie. Da zuckte er
auf seine lächerliche Weise die Schultern:
»Ich ahne es, Herrin. Der Vogel ist fort, der
Hund ist fort, was soll der Zwerg noch da?«
Sie untersagte ihm darauf solche Reden
ernstlich, und er sprach nicht mehr davon.
Die Dame war der Meinung, er denke nicht
mehr daran, und zog ihn wieder ganz in ihr
Vertrauen. Er aber, wenn sie ihm von ihrer
Sorge redete, verteidigte Herrn Baldassare
und ließ auf keine Weise merken, daß er ihm
noch etwas nachtrage. So gewann er die
Freundschaft seiner Herrin in hohem Grade
wieder.

An einem Sommerabend, als vom Meere
her ein wenig Kühlung wehte, bestieg
Margherita samt dem Zwerg ihre Gondel
und ließ sich ins Freie rudern. Als die Gondel
in die Nähe von Murano kam und die Stadt
nur noch wie ein weißes Traumbild in der
Ferne auf der glatten, schillernden Lagune

schwamm, befahl sie Filippo, eine Geschichte zu erzählen. Sie lag auf dem schwarzen Pfühle ausgestreckt, der Zwerg kauerte ihr gegenüber am Boden, den Rücken dem hohen Schnabel der Gondel zugewendet. Die Sonne hing am Rande der fernen Berge, die vor rosigem Dunst kaum sichtbar waren; auf Murano begannen einige Glocken zu läuten. Der Gondoliere bewegte, von der Wärme betäubt, lässig und halb schlafend sein langes Ruder, und seine gebückte Gestalt samt der Gondel spiegelte sich in dem von Tang durchzogenen Wasser. Zuweilen fuhr in der Nähe eine Frachtbarke vorüber oder eine Fischerbarke mit einem lateinischen Segel, dessen spitziges Dreieck für einen Augenblick die fernen Türme der Stadt verdeckte.

»Erzähl mir eine Geschichte!« befahl Margherita, und Filippo neigte seinen schweren Kopf, spielte mit den Goldfransen seines seidenen Leibrocks, sann eine Weile nach und erzählte dann folgende Begebenheit:

»Eine merkwürdige und ungewöhnliche Sache erlebte einst mein Vater zu der Zeit, da er noch in Byzanz lebte, lang ehe ich noch ge-

51

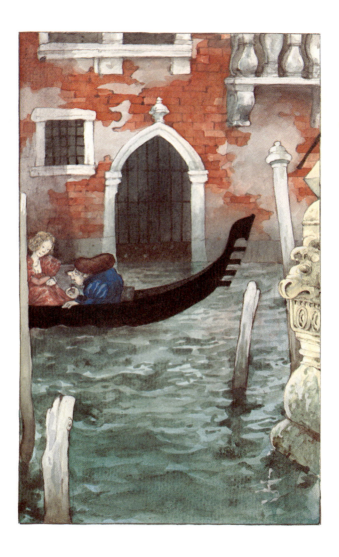

boren wurde. Er betrieb damals das Geschäft eines Arztes und Ratgebers in schwierigen Fällen, wie er denn sowohl die Heilkunde wie die Magie von einem Perser, der in Smyrna lebte, erlernt und in beiden großen Kenntnisse erworben hatte. Da er aber ein ehrlicher Mann war und sich weder auf Betrügereien noch auf Schmeicheleien, sondern einzig auf seine Kunst verließ, hatte er vom Neid mancher Schwindler und Kurpfuscher viel zu leiden und sehnte sich schon lange nach einer Gelegenheit, in seine Heimat zurückzukehren. Doch wollte mein armer Vater das durchaus nicht eher tun, als bis er sich wenigstens ein geringes Vermögen in der Fremde erworben hätte, denn er wußte zu Hause die Seinigen in ärmlichen Verhältnissen schmachten. Je weniger daher sein Glück in Byzanz blühen wollte, während er doch manche Betrüger und Nichtskönner ohne Mühe zu Reichtümern gelangen sah, desto trauriger wurde mein guter Vater und verzweifelte nahezu an der Möglichkeit, ohne marktschreierisches Mittel sich aus seiner Not zu ziehen. Denn es fehlte ihm keineswegs an Klienten, und er hat Hunderten in den schwierigsten Lagen geholfen, aber es waren zumeist arme und geringe Leute, von denen er sich geschämt hätte, mehr als eine Kleinigkeit für seine Dienste anzunehmen.

In so betrübter Lage war mein Vater schon entschlossen, die Stadt zu Fuß und ohne Geld zu verlassen oder Dienste auf einem Schiff zu suchen. Doch nahm er sich vor, noch einen Monat zu warten, denn es schien ihm nach den Regeln der Astrologie wohl möglich, daß ihm innerhalb dieser Frist ein Glücksfall begegnete. Aber auch diese Zeit verstrich, ohne daß etwas Derartiges geschehen wäre. Traurig packte er also am letzten Tage seine wenigen Habseligkeiten zusammen und beschloß, am nächsten Morgen aufzubrechen.

Am Abend des letzten Tages wandelte er außerhalb der Stadt am Meeresstrande hin und her, und man kann sich denken, daß seine Gedanken dabei recht trostlos waren. Die Sonne war längst untergegangen, und schon breiteten die Sterne ihr weißes Licht über das ruhige Meer.

Da vernahm mein Vater plötzlich in

nächster Nähe ein lautes klägliches Seufzen.

Er schaute rings um sich, und da er niemand erblicken konnte, erschrak er gewal-
tig, denn er nahm es als böses Vorzeichen für
seine Abreise. Als jedoch das Klagen und
Seufzen sich noch lauter wiederholte,
ermannte er sich und rief: ›Wer ist da?‹ Und
sogleich hörte er ein Plätschern am Meeres-
ufer, und als er sich dorthin wandte, sah er
im blassen Schimmer der Sterne eine helle
Gestalt daliegen. Vermeinend, es sei ein
Schiffbrüchiger oder Badender, trat er hilf-
reich hinzu und sah nun mit Erstaunen die
schönste, schlanke und schneeweiße Was-
serfrau mit halbem Leibe aus dem Wasser
ragen. Wer aber beschreibt seine Verwunde-
rung, als nun die Nereide ihn mit flehender
Stimme anredet: ›Bist du nicht der griechi-
sche Magier, welcher in der gelben Gasse
wohnt?‹

›Der bin ich‹, antwortete er aufs freund-
lichste, ›was wollt Ihr von mir?‹

Da begann das junge Meerweib von
neuem zu klagen und ihre schönen Arme zu
recken und bat unter vielen Seufzern, mein

Vater möge doch ihrer Sehnsucht barmherzig sein und ihr einen starken Liebestrank bereiten, da sie sich in vergeblichem Verlangen nach ihrem Geliebten verzehre. Dazu blickte sie ihn aus ihren schönen Augen so flehentlich und traurig an, daß es ihm das Herz bewegte. Er beschloß sogleich, ihr zu helfen; doch fragte er zuvor, auf welche Weise sie ihn belohnen wolle. Da versprach sie ihm eine Kette von Perlen, so lang, daß ein Weib sie achtmal um den Hals zu schlingen vermöge. ›Aber diesen Schatz‹, fuhr sie fort ›sollst du nicht eher erhalten, als bis ich gesehen habe, daß dein Zauber seine Wirkung getan hat.‹

Darum brauchte sich nun mein Vater nicht zu sorgen, seiner Kunst war er sicher. Er eilte in die Stadt zurück, brach seine wohlverpackten Bündel wieder auf und bereitete den gewünschten Liebestrank in solcher Eile, daß er schon bald nach Mitternacht wieder an jener Stelle des Ufers war, wo die Meerfrau auf ihn wartete. Er händigte ihr eine winzig kleine Phiole mit dem kostbaren Safte ein, und unter lebhaften Danksagungen forderte sie ihn auf, in der folgenden

Nacht sich wieder einzufinden, um die versprochene reiche Belohnung in Empfang zu nehmen. Er ging davon und brachte die Nacht und den Tag in der stärksten Erwartung zu. Denn wenn er auch an der Kraft und Wirkung seines Trankes keinerlei Zweifel hegte, so wußte er doch nicht, ob auf das Wort der Nixe Verlaß sein werde. In solchen Gedanken verfügte er sich bei Einbruch der folgenden Nacht wieder an denselben Ort, und er brauchte nicht lange zu warten, bis auch das Meerweib in seiner Nähe aus den Wellen tauchte.

Wie erschrak jedoch mein armer Vater, als er sah, was er mit seiner Kunst angerichtet hatte! Als nämlich die Nixe lächelnd näher kam und ihm in der Rechten die schwere Perlenkette entgegenhielt, erblickte er in ihrem Arme den Leichnam eines ungewöhnlich schönen Jünglings, welchen er an seiner Kleidung als einen griechischen Schiffer erkannte. Sein Gesicht war totenblaß, und seine Locken schwammen auf den Wellen, die Nixe drückte ihn zärtlich an sich und wiegte ihn wie einen kleinen Knaben auf den Armen.

Sobald mein Vater dies gesehen hatte, tat er einen lauten Schrei und verwünschte sich und seine Kunst, worauf das Weib mit ihrem toten Geliebten plötzlich in die Tiefe versank. Auf dem Sand des Ufers aber lag die Perlenkette, und da nun doch das Unheil nicht wiedergutzumachen war, nahm er sie an sich und trug sie unter dem Mantel in seine Wohnung, wo er sie zertrennte, um die Perlen einzeln zu verkaufen. Mit dem erlösten Gelde begab er sich auf ein nach Zypern abgehendes Schiff und glaubte nun, aller Not für immer entronnen zu sein. Allein das an dem Gelde hängende Blut eines Unschuldigen brachte ihn von einem Unglück ins andere, so daß er, durch Stürme und Seeräuber aller seiner Habe beraubt, seine Heimat erst nach zwei Jahren als ein schiffbrüchiger Bettler erreichte.«

Während dieser ganzen Erzählung lag die Herrin auf ihrem Polster und hörte mit großer Aufmerksamkeit zu. Als der Zwerg zu Ende war und schwieg, sprach auch sie kein Wort und verharrte in tiefem Nachdenken, bis der Ruderer innehielt und auf den Befehl zur Heimkehr wartete. Dann schrak sie wie aus einem Traume auf, winkte dem Gondoliere und zog die Vorhänge vor sich zusammen. Das Ruder drehte sich eilig, die Gondel flog wie ein schwarzer Vogel der Stadt entgegen, und der allein dahockende Zwerg blickte ruhig und ernsthaft über die dunkelnde Lagune, als sänne er schon wieder einer neuen Geschichte nach. In Bälde war die Stadt erreicht, und die Gondel eilte durch den Rio Panada und mehrere kleine Kanäle nach Hause.

In dieser Nacht schlief Margherita sehr unruhig. Durch die Geschichte vom Liebestrank war sie, wie der Zwerg vorausgesehen hatte, auf den Gedanken gekommen, sich desselben Mittels zu bedienen, um das Herz ihres Verlobten sicher an sich zu fesseln. Am nächsten Tag begann sie mit Filippo darüber zu reden, aber nicht geradeheraus, sondern indem sie aus Scheu allerlei Fragen stellte. Sie legte Neugierde an den Tag, zu erfahren, wie denn ein solcher Liebestrank beschaffen sei, ob wohl heute noch jemand das Geheimnis seiner Zubereitung kenne, ob er keine giftigen und schädlichen Säfte enthalte und ob sein Geschmack nicht derart sei, daß der Trinkende Argwohn schöpfen müsse. Der schlaue Filippo gab auf alle diese Fragen gleichgültig Antwort und tat, als merke er nichts von den geheimen Wünschen seiner Herrin, so daß diese immer deutlicher reden mußte und ihn schließlich geradezu fragte, ob sich wohl in Venedig jemand finden würde, der imstande wäre, jenen Trank herzustellen.

Da lachte der Zwerg und rief: »Ihr scheint mir sehr wenig Fertigkeit zuzutrauen, meine Herrin, wenn Ihr glaubt, daß ich von meinem Vater, der ein so großer Weiser war, nicht einmal diese einfachsten Anfänge der Magie erlernt habe.«

»Also vermöchtest du selbst einen solchen Liebestrank zu bereiten?« rief die Dame mit großer Freude.

»Nichts leichter als dieses«, erwiderte Filippo. »Nur kann ich allerdings nicht einsehen, wozu Ihr meiner Kunst bedürfen solltet, da Ihr doch am Ziel Eurer Wünsche seid und einen der schönsten und reichsten Männer zum Verlobten habt.«

Aber die Schöne ließ nicht nach, in ihn

zu dringen, und am Ende fügte er sich unter scheinbarem Widerstreben. Der Zwerg erhielt Geld zur Beschaffung der nötigen Gewürze und geheimen Mittel, und für später, wenn alles gelungen wäre, wurde ihm ein ansehnliches Geschenk versprochen.

Er war schon nach zwei Tagen mit seinen Vorbereitungen fertig und trug den Zaubertrank in einem kleinen blauen Glasfläschchen, das vom Spiegeltisch seiner Herrin genommen war, bei sich. Da die Abreise des Herrn Baldassare nach Zypern schon nahe bevorstand, war Eile geboten.

Als nun an einem der folgenden Tage Baldassare seiner Braut eine heimliche Lustfahrt am Nachmittag vorschlug, wo der Hitze wegen in dieser Jahreszeit sonst niemand Spazierfahrten unternahm, da schien dies sowohl Margheriten wie dem Zwerge die geeignete Gelegenheit zu sein.

Als zur bezeichneten Stunde am hintern Tor des Hauses Baldassares Gondel vorfuhr, stand Margherita schon bereit und hatte Filippo bei sich, welcher eine Weinflasche und ein Körbchen Pfirsiche in das Boot brachte

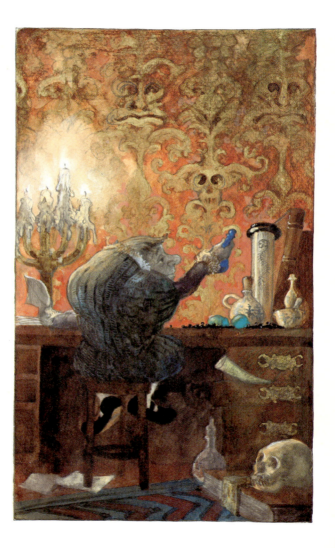

und, nachdem die Herrschaften eingestiegen waren, sich gleichfalls in die Gondel verfügte und hinten zu den Füßen des Ruderers Platz nahm. Dem jungen Herrn mißfiel es, daß Filippo mitfuhr, doch enthielt er sich, etwas darüber zu sagen, da er in diesen letzten Tagen vor seiner Abreise mehr als sonst den Wünschen seiner Geliebten nachzugeben für gut hielt.

Der Ruderer stieß ab. Baldassare zog die Vorhänge dicht zusammen und koste im versteckten und überdachten Sitzraum mit seiner Braut. Der Zwerg saß ruhig im Hinterteil der Gondel und betrachtete die alten, hohen und finsteren Häuser des Rio dei Barcaroli, durch welchen der Ruderer das Fahrzeug trieb, bis es beim alten Palazzo Giustiniani, neben welchem damals noch ein kleiner Garten lag, die Lagune am Ausgang des Canal Grande erreichte. Heute steht, wie jedermann weiß, an jener Ecke der schöne Palazzo Barozzi.

Zuweilen drang aus dem verschlossenen Raum ein gedämpftes Gelächter oder das leise Geräusch eines Kusses oder das Bruchstück eines Gesprächs. Filippo war nicht neugierig. Er blickte übers Wasser bald nach der sonnigen Riva, bald nach dem schlanken Turm von San Giorgio Maggiore, bald rückwärts gegen die Löwensäule der Piazzetta. Zuweilen blinzelte er dem fleißig arbeitenden Ruderer zu, zuweilen plätscherte er mit einer dünnen Weidengerte, die er am Boden gefunden hatte, im Wasser. Sein Gesicht war so häßlich und unbeweglich wie immer und spiegelte nichts von seinen Gedanken wider. Er dachte eben an sein ertrunkenes Hündchen Fino und an den erdrosselten Papagei und erwog bei sich, wie allen Wesen, Tieren wie Menschen, beständig das Verderben so nahe ist und daß wir auf dieser Welt nichts vorhersehen und -wissen können als den sicheren Tod. Er gedachte seines Vaters und seiner Heimat und seines ganzen Lebens, und ein Spott überflog sein Gesicht, da er bedachte, wie fast überall die Weisen im Dienste der Narren stehen und wie das Leben der meisten Menschen einer schlechten Komödie gleicht. Er lächelte, indem er an seinem reichen seidenen Kleide niedersah.

Und während er noch stille saß und

lächelte, geschah das, worauf er schon die ganze Zeit gewartet hatte. Unter dem Gondeldach erklang die Stimme Baldassares und gleich darauf die Margheritas, welche rief: »Wo hast du den Wein und den Becher, Filippo?« Herr Baldassare hatte Durst, und es war nun Zeit, ihm mit dem Weine jenen Trank beizubringen.

Er öffnete sein kleines blaues Fläschchen, goß den Saft in einen Trinkbecher und füllte ihn mit rotem Wein nach. Margherita öffnete die Vorhänge, und der Zwerg bediente sie, indem er der Dame die Pfirsiche, dem Bräutigam aber den Becher darbot. Sie warf ihm fragende Blicke zu und schien von Unruhe erfüllt.

Herr Baldassare hob den Becher und führte ihn zum Munde. Da fiel sein Blick auf den noch vor ihm stehenden Zwerg, und plötzlich stieg ein Argwohn in seiner Seele auf.

»Halt«, rief er, »Schlingeln von deiner Art ist nie zu trauen. Ehe ich trinke, will ich dich vorkosten sehen.«

Filippo verzog keine Miene. »Der Wein ist gut«, sagte er höflich.

Aber jener blieb mißtrauisch. »Wagst du etwa nicht zu trinken, Kerl?« fragte er böse.

»Verzeiht, Herr«, erwiderte der Zwerg, »ich bin nicht gewohnt, Wein zu trinken.«

»So befehle ich es dir. Ehe du nicht davon getrunken hast, soll mir kein Tropfen über die Lippen kommen.«

»Habt keine Sorge«, lächelte Filippo, verneigte sich, nahm den Becher aus Baldassares Händen, trank einen Schluck daraus und gab ihn zurück. Baldassare sah ihm zu, dann trank er den Rest des Weines mit einem starken Zug aus.

Es war heiß, die Lagune glänzte mit blendendem Schimmer. Die Liebenden suchten wieder den Schatten der Gardinen auf, der Zwerg aber setzte sich seitwärts auf den Boden der Gondel, fuhr sich mit der Hand über die breite Stirn und kniff seinen häßlichen Mund zusammen wie im Schmerz.

Er wußte, daß er in einer Stunde nicht mehr am Leben sein würde. Der Trank war Gift gewesen. Eine seltsame Erwartung bemächtigte sich seiner Seele, die so nahe vor

dem Tor des Todes stand. Er blickte nach der Stadt zurück und erinnerte sich der Gedanken, denen er sich vor kurzem hingegeben hatte. Schweigend starrte er über die gleißende Wasserfläche und überdachte sein Leben. Es war eintönig und arm gewesen – ein Weiser im Dienste von Narren, eine schale Komödie. Als er spürte, daß sein Herzschlag ungleich wurde und seine Stirn sich mit Schweiß bedeckte, stieß er ein bitteres Gelächter aus.

Niemand hörte darauf. Der Ruderer stand halb im Schlaf, und hinter den Vorhängen war die schöne Margherita erschrocken um den plötzlich erkrankten Baldassare beschäftigt, der ihr in den Armen starb und kalt wurde. Mit einem lauten Weheschrei stürzte sie hervor. Da lag ihr Zwerg, als wäre er eingeschlummert, in seinem prächtigen Seidenkleide tot am Boden der Gondel.

Das war Filippos Rache für den Tod seines Hündleins. Die Heimkehr der unseligen Gondel mit den beiden Toten brachte ganz Venedig in Entsetzen.

Donna Margherita verfiel in Wahnsinn,

lebte aber noch manche Jahre. Zuweilen saß sie an der Brüstung ihres Balkons und rief jeder vorüberfahrenden Gondel oder Barke zu: »Rettet ihn! Rettet den Hund! Rettet den kleinen Fino!« Aber man kannte sie schon und achtete nicht darauf.

Hermann Hesse
im Suhrkamp Verlag und
im Insel Verlag

Gesammelte Schriften in sieben Bänden. Leinen und Leder
  - Band I: Frühe Prosa. Peter Camenzind. Unterm Rad. Diesseits. Bernold
  - Band II: Gertrud. Kleine Welt. Roßhalde. Fabulierbuch
  - Band III: Knulp. Demian. Märchen. Wanderung. Klingsor. Siddhartha. Bilderbuch
  - Band IV: Kurgast. Die Nürnberger Reise. Der Steppenwolf. Traumfährte. Gedenkblätter. Späte Prosa
  - Band V: Narziß und Goldmund. Stunden im Garten. Der lahme Knabe. Die Gedichte
  - Band VI: Die Morgenlandfahrt. Das Glasperlenspiel
  - Band VII: Betrachtungen. Briefe. Rundbriefe. Tagebuchblätter
– Werkausgabe. Zwölf Bände. Leinenkaschur
Gesammelte Briefe in vier Bänden. Unter Mitwirkung von Heiner Hesse herausgegeben von Ursula und Volker Michels. Leinen
Die Romane und die Großen Erzählungen. Jubiläumsausgabe zum hundersten Geburtstag von Hermann Hesse. Acht Bände in Schmuckkassette
– Gesammelte Erzählungen. Geschenkausgabe in sechs Bänden
Gesammelte Werke in Einzelausgaben in blauen Leinen. Von dieser Ausgabe sind gegenwärtig lieferbar:
– Beschwörungen. Späte Prosa – Neue Folge
– Das Glasperlenspiel. Vollständige Ausgabe in einem Band. Dünndruck
– Demian. Die Geschichte von E. Sinclairs Jugend
– Der Steppenwolf. Roman
– Frühe Prosa
– Gedenkblätter. Ein Erinnerungsbuch. Erweiterte Ausgabe zum 85. Geburtstag des Dichters
– Narziß und Goldmund
– Prosa aus dem Nachlaß
– Siddhartha. Eine indische Dichtung
– Traumfährte. Erzählungen und Märchen
Hermann Hesse Lesebücher. Zusammengestellt von Volker Michels
– Jeden Anfang wohnt ein Zauber inne. Lebensstufen
– Eigensinn macht Spaß. Individuation und Anpassung
– Wer lieben kann, ist glücklich. Über die Liebe
– Die Hölle ist überwindbar. Krisis und Wandlung
– Das Stumme spricht. Herkunft und Heimat. Natur und Kunst
– Die Einheit hinter den Gegensätzen. Religionen und Mythen

14/1/1.87

Hermann Hesse
im Suhrkamp Verlag und
im Insel Verlag

Einzelausgaben:
- Aus Indien. Erinnerungen, Erzählungen, Tagebuchaufzeichnungen. Herausgegeben von Volker Michels. st 562
- Aus Kinderzeiten. Gesammelte Erzählungen. Band I 1900-1905. st. 347
- Ausgewählte Briefe. Zusammengestellt von Hermann Hesse und Ninon Hesse. st 211
- Bericht aus Normalien. Humoristische Erzählungen, Gedichte und Dokumente. Herausgegeben von Volker Michels. st 1308
- Berthold. Erzählung. st 1198
- Briefe an Freunde. Rundbriefe 1946-1962. Zusammengestellt von Volker Michels. st 380
- Briefwechsel:
- – Hermann Hesse – Rudolf Jakob Humm. Briefwechsel. Herausgegeben von Ursula und Volker Michels. Leinen
- – Hermann Hesse – Thomas Mann. Briefwechsel. Herausgegeben von Anni Carlsson. Leinen und BS 441
- – Hermann Hesse – Peter Suhrkamp. Briefwechsel 1945-1959. Herausgegeben von Siegfried Unseld. Leinen
- Casanovas Bekehrung. Erzählung. st 1196
- Dank an Goethe. Betrachtungen, Rezensionen, Briefe. Mit Abbildungen. it 129
- Das Glasperlenspiel. st 79
- Demian. Die Geschichte von E. Sinclairs Jugend. BS 95 und st 206
- Der Europäer. Gesammelte Erzählungen Band 3. st. 384
- Der Lateinschüler. Erzählung. st 1193
- Der Steppenwolf. Roman. BS 226 und st 175
- – Illustriert von Gunter Böhmer. 1981. 1000 numerierte Exempl. in Leinen. 200 numerierte und vom Illustrator signierte Exemplare in Leder.
- Der verbrannte Ehemann oder Anton Schievelbeyn's ohnfreywillige Reisse. Handgeschrieben und illustriert von Peter Weiss. it 260
- Der vierte Lebenslauf Josef Knechts. Mit einem Essy von Theodore Ziolkowski. st. 1261
- Der Weltverbesserer. Erzählung. st 1197
- Der Zwerg. Ein Märchen. Mit Illustrationen von Rolf Köhler. it 636
- Die Erzählungen. SA. Leinen 2 Bde. in Kassette
- Die Gedichte 1892-1962. Herausgegeben von Volker Michels. 2 Bde. st 381

Hermann Hesse
im Suhrkamp Verlag und
im Insel Verlag

- Die Heimkehr. Erzählung. st 1201
- Die Kunst des Müßiggangs. Kurze Prosa aus dem Nachlaß. Herausgegeben und mit einem Nachwort von Volker Michels. st 100
- Die Märchen. st 291
- Die Morgenlandfahrt. Erzählung. BS 1 und st 750
- Die Nürnberger Reise. st 227
- Die späten Gedichte. IB 803
- Die Stadt. Ein Märchen. Ins Bild gebracht von Walter Schmögner. it 236
- Die Verlobung. Gesammelte Erzählungen Band 2. st 368
- Die Welt der Bücher. Betrachtungen und Aufsätze zur Literatur. Zusammengestellt von Volker Michels. st 415
- Eigensinn. Autobiographische Schriften. Auswahl und Nachwort Siegfried Unseld. BS 353
- Eine Literaturgeschichte in Rezensionen und Aufsätzen. Herausgegeben von Volker Michels. st 252
- Emil Kolb. Erzählung. st 1202
- Freunde. Erzählung. st 1284
- Gedenkblätter. Erinnerungen an Zeitgenossen. st 963
- Gertrud. Roman. st 890
- Geschichten aus dem Mittelalter. Herausgegeben von Hermann Hesse. it 161
- Glück. Späte Prosa. Betrachtungen. BS 344
- Hermann Lauscher. Illustriert von Gunter Böhmer. it 206
- Heumond. Erzählung. st 1194
- Hölderlin. Dokumente seines Lebens. Herausgegeben von Hermann Hesse. it 221
- Innen und Außen. Gesammelte Erzählungen Band 4. st 413
- Iris. Ausgewählte Märchen. BS 369
- Italien. Schilderungen, Tagebücher, Gedichte, Aufsätze, Buchbesprechungen und Erzählungen. st 689.
- Karl Eugen Eiselein. Erzählung. st 1192
- Kinderseele. Erzählung. st 1203
- Kindheit des Zauberers. Ein autobiographisches Märchen. Handgeschrieben, illustriert und mit einer Nachbemerkung versehen von Peter Weiss. it 67
- Kindheit und Jugend vor Neunzehnhundert. Hermann Hesse in Briefen und Lebenszeugnissen 1877-1895. Herausgegeben von Ninon Hesse. Leinen und st 1002

14/3/1.87

Hermann Hesse
im Suhrkamp Verlag und
im Insel Verlag

- Kindheit und Jugend vor Neunzehnhundert. Zweiter Band. Hermann Hesse in Briefen und Lebenszeugnissen 1895-1900. Herausgegeben von Volker Michels. Leinen
- Klein und Wagner. st 116
- Kleine Freuden. Kurze Prosa aus dem Nachlaß. Herausgegeben von Volker Michels. st 360
- Klingsors letzter Sommer. Erzählungen. Mit einem farbigen Frontispiz. BS 608
- Knulp. Drei Geschichten aus dem Leben Knulps. BS 75
- Knulp. Drei Geschichten aus dem Leben Knulps. Mit dem unveröffentlichten Fragment ›Knulps Ende‹. Mit Steinzeichnungen von Karl Walser. it 394
- Krisis. Ein Stück Tagebuch. BS 747
- Kurgast. Aufzeichnungen von einer Badener Kur. st 383
- Ladidel. Erzählung. st 1200
- Legenden. Zusammengestellt von Volker Michels. st 909
- Lektüre für Minuten. Auswahl Volker Michels. st 7
- Lektüre für Minuten 2. Neue Folge. st 240
- Magie der Farben. Aquarelle aus dem Tessin mit Betrachtungen und Gedichten. it 482
- Magie des Buches. Betrachtungen. BS 542
- Mein Glaube. Eine Dokumentation: Betrachtungen, Briefe, Rezensionen und Gedichte. Herausgegeben von Siegfried Unseld. BS 300
- Morgenländische Erzählungen. Herausgegeben von Hermann Hesse. it 409
- Musik. Betrachtungen, Gedichte, Rezensionen und Briefe. Mit einem Essay von Hermann Kassack. BS 483 und st 1217
- Narziß und Goldmund. BS 65 und st 274
- Peter Camenzind. Erzählung. st 161
- Piktors Verwandlungen. Ein Liebesmärchen. Vom Autor handgeschrieben und illustriert. Faksimiledruck der Originalhandschrift. Limitierte Auflage. 1000 Exemplare in Leinen und it 122
- Politik des Gewissens. Politische Schriften 1914-1962. Herausgegeben von Volker Michels. Mit einem Vorwort von Robert Jungk. 2 Bde. Leinen und st 656
- Roßhalde. Roman. st 312
- Schmetterlinge. Betrachtungen, Erzählungen, Gedichte. Zusammengestellt und mit einem Nachwort von Volker Michels. it 385
- Schriften zur Literatur. 2 Bände. Leinenkasch.

14/4/1.87

Hermann Hesse
im Suhrkamp Verlag und
im Insel Verlag

- Siddhartha. Eine indische Dichtung. BS 227 und st 182
- Sinclairs Notizbuch. Mit vier farbig reproduzierten aquarellierten Federzeichnungen des Verfassers. BS 839
- Stufen. Ausgewählte Gedichte. BS 342
- Stunden im Garten. Zwei Idyllen. Mit teils farbigen Zeichnungen von Gunter Böhmer. IB 999
- Tractat vom Steppenwolf. es 84
- Unterm Rad. Erzählung. st 52 und BS 776
- Von Wesen und Herkunft des Glasperlenspiels. Die vier Fassungen der Einleitung zum Glasperlenspiel. Herausgegeben und mit einem Essay von Volker Michels. st 382
- Walter Kömpff. Erzählung. st 1199
- Wanderung. BS 444

Hermann Hesse. Vierundvierzig Aquarelle in Originalgröße. Ausgewählt von Bruno Hesse und Sandor Kuthy. Limitierte Auflage in 500 Exemplaren in einer Schmuckkassette.

Mit Hermann Hesse durch das Jahr. Mit Reproduktionen von 13 aquarellierten Federzeichnungen von Hermann Hesse.

Materialien zu Hesses Werk. Herausgegeben von Volker Michels:
- Zu ›Glasperlenspiel‹ Band I. ›Das Glasperlenspiel‹. st 80
  Band 2. Texte über das Glasperlenspiel. st 108
- zu ›Demian‹. Band 1. st 166
  Band 2. Texte über den ›Demian‹. st 316
- zu ›Siddhartha‹ Band 1. stm. st 2048
  Band 2. Texte über Siddhartha. stm. st 2049
- zu ›Der Steppenwolf‹. st 53

Hermann Hesse. Rezeption 1978-1983. Herausgegeben von Volker Michels. stm. st 2045
- Über Hermann Hesse. Herausgegeben von Volker Michels. Bd. 1. st 331. Bd. 2. st 332

Hermann Hesse. Sein Leben in Bildern und Texten. Herausgegeben von Volker Michels. Gestalt von Willy Fleckhaus. Mit Anmerkungen, Namenregister, Zitat- und Bildnachweis. Vorwort von Hans Mayer. Leinen

Hermann Hesse – Eine Chronik in Bildern. Bearbeitet und mit einer Einführung von Bernhard Zeller. Mit 334 teilweise großformatigen Bildern. Leinen

Hermann Hesse – Leben und Werk im Bild. Herausgegeben von Volker Michels. it 36

Hermann Hesse
im Suhrkamp Verlag und
im Insel Verlag

Hermann Hesse – Werk- und Wirkungsgeschichte. Von Siegfried
Unseld. Revidierte Fassung. st 1257
Hermann Hesses weltweite Wirkung. Internationale Rezeptionsge-
schichte. Herausgegeben von Martin Pfeifer. Band 1. st 386. Band 2.
st 506.

Schallplatten:
– Hermann Hesse – Sprechplatte. Langspielplatte
– Hermann Hesse liest »Über das Alter«. Langspiel-Sprechplatte.
Zusammengestellt von Volker Michels.

14/6/1.87